店小二的最愛

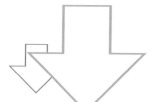

店小二的店，是第一個網頁作品。

所以，理所當然的，店主人該是店小二。

一直，很想為這個名字，找一個好的命名由來。

比如，嗯，因為算命學上，三個字的格局會比單名來的有發展。

或者，店小二的店有押韻，聽起來好聽又好記。

還是可以因為，這個店小二有著理想和抱負，以開一家自己的店為榮....

不管怎麼想，仍舊難以逃脫，像幫小狗取名為阿福；或是小貓取名為小吉一樣的宿命。 ╰

初次見面，我是店小二，這是我第一本小書，

還請多多指教；也希望大家喜歡書裡那種輕鬆的氣氛。

施了魔法的熱茶

作為店小二和小橘貓長期以來的朋友,我想,那是我為什麼有榮幸,應邀在這裡寫序的原因。

故事總是得從頭說起的。

一九九八年的夏天,我還在剛創站不久的City Guide網站當主編,整個網站只有我和四個記者,連專屬的美編都沒有,全靠當時的AD和其他美編拔刀相助。有一天,我們的AD告訴我,City Guide專屬的美編很快就要來報到了。

「是個蠻優秀的女生唷~~」他說。

不記得是在什麼樣的情況下相遇,但很快地,辦公室裡多了一個可愛的女生,有著大大的眼睛和溫柔的聲音,說起話來輕聲細語有點日本女生使用敬語的味道,開會時會在我和其他記者肆無忌憚恣意搞笑時跟著露出靦腆的微笑,拉拉自己常穿的短裙坐好。

後來我們才知道,這個看來害羞可愛的女生有個名叫「店小二」的個人網站,並且為了可以進網站作美編,中文系畢業的她還去參加了友立(ULEAD)的網頁設計比賽,抱了座大獎回家。

是的,我們的店小二,可不是你以為那樣軟綿綿甜滋滋像棉花糖沒個性的女生。

明明有點害羞卻也總是有點得意地每天穿短裙來上班露出她一雙美腿;明明是個路痴卻也不害怕大剌剌地把摩托車運來台北代步,再跟我們分享她在仁愛路圓環繞了半小時出不去的笑話；每次和工程師開會討論新構想時就會看到她用好認真的表情傾聽到尾，然後偏著頭用一慣溫柔的口氣說：「嗯，如芳，我在想呀，如果我們剛提到的那裡怎樣怎樣做的話，不曉得你要的結果是不是這樣？」

相信我，我的確在那樣羞怯可愛的表情裡，看到了剛萌芽對世界的一點好奇、一點自信、一點試探的姿態與勇氣。

和小橘貓的相識當然也是從那個燠熱的夏季開始，當我興沖沖在手心捧著兩隻誠品出身的超迷你小小橘貓去認親時，只見我們的店小二露出靦腆的微笑搖手說：「不，我的小橘貓，是人家從印尼帶回來送我的木雕呢。」

（「嘿，我可不是誠品出身的！」我想，我可能是這個世界上，最早開始啟發小橘貓思考身分認同問題的壞份子。）

然後是過完那個夏季後兩年的各自分離，我換了兩個工作，兜了一圈，終於在兩千年的開頭與店小二和她的小橘貓再度碰頭，一起在明日報工作，並且第一次，真正見到店小二的個人作品，和她的插畫。

我不知道時間在店小二身上施了什麼魔法，或者，是店小二自己為自己施了什麼法術；但，我所曾在店小二身上見過那種對世界的好奇與試探，已經在這兩年的時間裡成長茁壯，並且以她慣有的溫柔姿態敲開大門，學會用創作跟這個世界分享她的喜怒哀樂、點點滴滴、生活裡的快樂與不快樂、屬於小橘貓的和其他的。

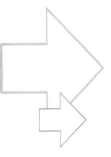

如果硬要我選一個比喻，我會說，以前的店小二像個溫柔而殷勤的店小二，當她遞上一杯熱茶的時候，總可以讓進門的每個人覺得溫暖；然而，現在的店小二在相同的問候裡彷彿多了一點會心的什麼，摻了一點可以打動人心的魔法。當她以同樣輕柔的手勢遞上一杯熱茶時，卻可以讓疲憊的人覺得舒適，焦慮的人覺得安心，而一直為情所苦問天無語的人，也許終於會在接過這杯熱茶的時刻珊然流下淚來，滿足地發出一聲喟嘆。

（是，我知道我說的太神了，小橘貓在一旁打呵欠說：「你還不是在我家主人跌跤摔到手時，一天到晚來問她網頁工作進度的那批人吶～～」）

作為這麼久的朋友和同事，店小二可能不知道，長久以來在風浪中翻滾、與之對抗的我，其實一直非常羨慕她那樣安然而堅定的姿態，就像如果風雨打壞了窗前的玫瑰，我們的店小二，還是會以她那溫柔而自信的眼神，露出甜美的笑容說：「沒辦法，葉子有點被打壞了，真討厭；可是我想，把花瓣上的水珠擦一擦，明天還是可以開得更美麗的。」

如果你也曾在風雨裡走過的話—
那就請進門，讓店小二和她的小橘貓為你奉上一杯，施了魔法的熱茶吧。

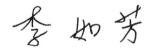

以前，我會認為素雅是一種美學態度，直到最近個人新聞台事件，我發現素雅更是一種感人的力量。

我對ＴＩＮＡ的認識不多，因為人如其畫，話不多，淡淡的。但是我與ＴＩＮＡ合作密切，仰賴她的地方很多，很多構想也都是透過她的網頁設計及插圖來呈現。很多人都說明日報的版型清新、乾淨，給人一種很舒服的感受，這正是ＴＩＮＡ一直很堅持的美學感。

ＴＩＮＡ剛從ＰＣ　ＨＯＭＥ轉到明日報時，個人新聞台版型的浩大工程就是在她手上一點一滴地建構起來。她是右手畫個人新聞台，左手畫插畫，同時在進行她的兩大事業，有時來催她進度時，看到她正在描繪她的插畫，常有不忍中斷的感覺，反而會讓自己停下腳步來欣賞她的細膩。

當明日報宣布停刊，個人新聞台也要關站時，幾百名台長發動被認為是台灣網路史上最轟轟烈烈的搶救行動，他們紅著眼睛貼文章、連署，辦網路座談等，最後個人新聞台終於逃過鬼門關，不僅保留下來，還獲得更多對未來的承諾。在這場感人的搶救行動裡，他們不斷地發出心聲：他們早已習慣個人新聞台素雅的頁面，再也找不到類似的機制與環境了。

ＴＩＮＡ可能從一開始直到最近，都不會發現她的素雅賦予一種感人的力量，聽到這種讚賞，或許還會用她標準的大眼睛納悶地說：「真的嗎？」答案是真的，回頭再看她淡淡而有韻味的字與畫，更是肯定。

【推薦序】

如果試著從一個高一點的角度，靜看這世界，每日不斷不斷重複的奔忙日子，是不是從此會有，不一樣的面貌？

和Tina一起在同一個辦公室上班一年多，捧讀《店小二的最愛》，格外有著一種會心的莞爾。特別是我的電腦上頭，同樣也窩著兩隻，大部分只能看到我的頭頂、而且耳朵也因為太經常摔落而傷痕累累的小動物⋯⋯⋯

令得我，也好想，偶而放下手邊的工作，想像裡悄悄攀爬到電腦螢幕上，跟著我的小棕獅小綠狐（只不過，他們可是從菲律賓來的呢！）並肩閒坐一晌，或者，平日裡總是揮之不去的各種煩擾瑣細，什麼生涯規劃啦、理念堅持啦、生活裡的朝夕日暮潮起潮落、人事世事的流轉，小小眼兒裡看來，其實也不過雲淡風清好戲一場吧！

我覺得《店小二的最愛》，就令我特別能夠感受到這樣一種，靜觀的閒情。 尤其是這許多平素生活裡的點點滴滴：不管是夜市裡偶遇的無敵試吃母女雙人組，還是簡直像是闖入人家飯廳裡的餐廳奇遇記，就連自個兒在雨天裡倒楣遭逢的小小意外，Tina都自有其一套趣味盎然，自得其樂的瀟灑觀看方式，讓閱讀者也不禁跟著由衷微笑開懷了。

Tina告訴我，這一系列圖文，原本是擺在PC Home Online的免費個人網頁上，引起許多共鳴後，才由時報出版為之轉換成平面形式結集出書的。

這似乎已成為此刻許多網路作者們的共同經歷。網路的出現，大大改變了既往「努力寫作、投稿→經副刊或出版社發掘→出書」的模式，作者與讀者之間的距離突然變得無比密切親近。

於是，讀者們可以接觸到的作品於是變得如此多元而廣闊起來。——經由無數電子報、免費網頁、個人新聞台，我們可以輕易地接觸到各種立場各種評論各家之言，輕易地見識到各種形態風貌的圖文創作，甚至，只要作者願意，我們也可以輕易地闖入他最私密的日記手記世界裡，與之同悲同喜、與之往來對話無間……

一種非常自由的空氣。所以，如《店小二的最愛》，這樣輕盈而可愛的小品，逐而也可以在那裡找到自己的發聲位置，找到許多的共鳴，然後，再從既有的形式裡昂然走出，以另一種或者更主流的方式與面貌，繼續尋覓更多的相應與認同。

也所以，收到出版社郵寄給我的A4初稿的同時，我立即連上網站，看看《店小二的最愛》原本在網路上的樣子。

因而可以深刻感受到，特別是長期埋首電腦前的網路一族們，在無意間闖入這裡時，隨著滑鼠與按鍵的一次次移動，從一次次畫面跳躍裡，從輕柔可喜的文字與圖畫與照片裡，從店小二閒適自得的世界裡，所感受到的輕快舒坦的喜悅。

至於一旦印行成為平面形式的小書，那又會是怎樣的一種閱讀經驗呢？我還在繼續期待。

雜記

店小二的 最愛······

rites

太 鍾 愛 他 的 模 樣

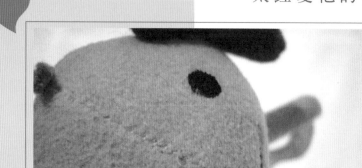

幾乎，所有熟識店小二的人，
都知道，並明瞭一個事實，
那就是，店小二是個不折不扣的路痴。

發現它，
是在 sophia 說去洗手間的空檔。
我想，
這也是 sophia 第一次見識到我敗家的能力 ^_^。

@

所以不惜冒著迷路的危險，去尋回他⋯⋯

TS2

不過，它一定是我錯過了，就會後悔的。

你知道那種感覺。

也許當下，覺得太貴而沒買。

但是回家之後，

你會念念不忘，輾轉反側不能控制重回舊地。

買到手。才會覺得安心。

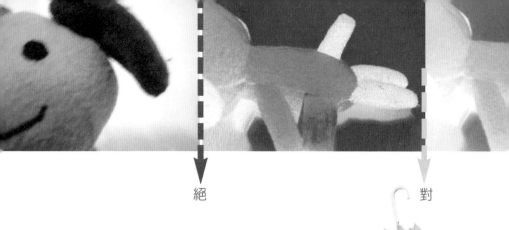

絕　　　　　　　　　　　　　對

我們都得相信，

天有不測風雲的時候。

就說　我不喜歡下雨天。

果真，一個迷濛雨夜，它從我的鑰匙圈滑落，就這樣消

失了蹤影……

你知道那種感覺。　一種絕對的懊惱。

撇除要找人陪我　再逛一次西門町的麻煩。

其實，還得面對西門町那錯綜複雜的街道。

（當然，我知道，對大多數人來說。不是問題。　不過，我已經承認，我是路痴了吧！）

@

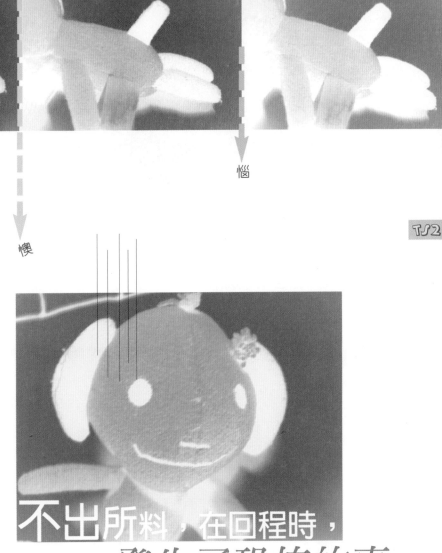

懊

惱

TS2

不出所料，在回程時，
發生了恐怖的事。

讓你覺得，是不是老天在和你做對？

先是，在西門町找了一個小時，完全回不到當初停機
車的地方。

（因為好強，死不肯問路。同一個路口，起碼重複來回走過四次）

然後，
又錯過了轉彎的路口。

By the way，
你有試過 在忠孝 "西" 路上，騎機車，
享受迎著微風的感覺嗎？

也許有空，你會想嘗試一下（那種驚心的 feeling）……

但也有天晴的時候。

幸好。最壞的事情沒有發生。

店家裡，還有同一個它，等著跟我一起回家。

有它陪著，行駛在禁行機車的道路上
也不覺得那麼孤單。

終於又再次的擁有。
即便現在變的有些髒髒的，

還是，最鍾愛的。@

小橘貓：口述 抄錄：店小二

↓ 我可不是誠品出身的！

嘿，我可不是誠品出身的

@

誠品？？

大家第一眼看到我，都會興奮的說："嘿嘿，我知道，

誠品買的嘛，

對不對？"

ㄅ勢了啦．

我根本沒去過誠品。

（那邊的魚會比較好吃嗎？）

Bali

生在印尼巴里島的我，目前算是還蠻適應台灣氣候的。你現在知道我是在哪兒出生的了吧，下次打招呼時，別再跟我說誠品的事啦。

難得做一次封面人物。

就來說一下，我坐在電腦上所觀察到的一些心得吧。

高　處　不　勝　寒

仔細看看，我的兩隻耳朵都變的花花的了。

也許你說，在高處看的比較清楚。

不過真的；從那上面跌下來，也會比較痛。

我就看過誠品出身的小狗，摔的兩個耳朵都不見了，

變得禿禿的，看起來亂好笑的。

而且有點無聊。

大部分的時間我只能看到店小二的頭頂。
除非店小二那天髮型特別的奇怪，
否則，也沒什麼好玩的，對吧？
而且我已經看了兩年了呢。

當然，有時候，也是可以看到點特別的──
就是摔下來的時機，捕捉到的VIEW，是很不一樣的。
但是，絕對不推薦。（因為會掉漆！）

不過眾人都忙我獨閒的感覺還不錯。

基本上，我只需要坐著笑就好。
沒有什麼事是要我決定的。

這個是個建議啦。

像我們這種成天和電腦為伍的工作者。

不小心身體是不行的。

雖說是靠腦袋裡的東西討生活，但根本也是要顧啦。

左圖這樣的例子就是不好的， 電腦的背後可是有很多輻射線的呢！

嗯？有什麼傷害？啊，這個嘛。

嗯，我說過了。我只負責坐著笑啊。

最好找個人一起陪你。

這個是第2個建議啦。

看到沒？旁邊的小灰灰貓，耳朵也花花的。

老實說，要不是有他幫我分擔（摔下去）風險，本人我，現在可能已經不在了。

什麼事都找個人來**分攤**，成本不是比較划算？

聽說大家結婚，也是為了這回事。

房租啊。生活費啊。寂寞啊。什麼什麼的。

都可以**除以**2。是不是這樣，我可不知道。

反正我們本來就是一對兒的。

哈哈，你想太多了。

以上只是一點點觀察的心得。

a

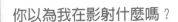

你以為我在影射什麼嗎？

是因為剛選舉完的後遺症嗎？

如有任何雷同，也只能說是巧合啦。

因為我只是隻普普通通，
　　　　坐在電腦上的小橘貓。@

嘿，讓我再多睡會兒！

"一眠大一吋"

這句話在店小二身上是

一 點 都 不 適 用 。

還記得在尷尬的搭公車年齡時，
（你一定奇怪，有這種年齡嗎？
那種時光是介於手扶把和公車吊環之間的。）
店小二的媽對著搖來晃去的店小二說，
" 沒關係，有一天你就能輕鬆的拉吊環了。"
就像小樹總會長成大樹一樣。

只可惜，那天 始終沒有來臨。

喜歡在公車上讓位
但拉不到吊環　平衡感不好的店小二
是不是因此不喜歡坐公車是不得而知。

不過，喜歡睡覺的本性，
仍然不因身高上的不得意而改變。

有時候連她自己都好奇，
是為了什麼原因，
可以讓一個人一天睡上十多個小時都不嫌累。
（ ö 當然睡那麼多是不會累的）

可能是為了旅遊的緣故。

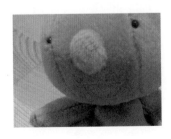

常常在夢中，
可以到達許多不可思議的地方。

為了探索更深更遠的異境，
所以睡眠是必須的。

店小二小時候常常夢到自己走到一些很奇特的未來城市，
甚至，還常常上映續集。
所以，店小二常常抱著看八點檔連續劇的心情，
早早的，就上床睡覺，
一點都不需要父母擔心。

夢 是 彩 色 的 ？

有 陣 子 的 睡 眠 ，

完 全 是 為 了 科 學 實 驗 。

" 你的夢是彩色的嗎？"
電視上，的一句話，
開啓了店小二的好奇心。

於是開始探討，夢裡的感官知覺。
並且一一向朋友考證。

相信我， 偉大的實驗絕對是要經過
不斷的測試， 和反覆的驗證，
才能歸納出一個
可信度高的數據。

睡 眠 可 以 增 加 記 憶 力 。

小 睡 一 會 兒 ，

可 以 幫 助 沈 澱 背 誦 過 的 知 識 。

既然專家都這麼說了。

所以在讀書時期的店小二
有恃無恐的，硬是比別的考生，
多了許多 增加 記憶力 的時間。

休息是為了走更長遠的路

這個古老的道理，
當然， 被店小二奉為圭臬
以及 養 生 之 道。

永遠在為自己找理由
多睡一點的店小二

其實是很愉悅的 並且帶點愧疚對著自己說：

"沒辦法，可能，我的體質就是需要多一點睡眠的吧！" @

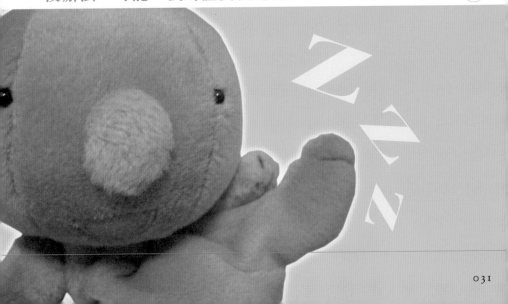

尋人啓示，有沒有人見過我？

尋　人　啓　事

其實在這個時候，
我都不知道要在哪裡才能看到我自己。
不過，聽說網路上什麼都有，
也許來試一試，
會有找到我自己的機會。

好像要先介紹自己一下哦？
那我來說一下好了，

我，小虎，
生肖屬虎，
大約20多克重，
身長不超過十公分，
是繫著喜氣小紅線的端午小香包。

a

老實說，
我對我自己的印象都有點模糊了。

依稀記得自己今天好不容易的，
從倉庫的存貨裡拉了出來。
我猜應該又是端午了吧。

我最喜歡夏天了，
那種熱熱的天氣，和亮亮的陽光。
還有一種熱熱鬧鬧的過節氣氛。

不過今年有點不同。

首先，
是我看不到外邊熱熱亮亮的陽光。

而且，身邊的伙伴都不見了，
換上的，盡是一些頭戴綠帽的扁扁娃娃；
和一些眼睛大大的，
好像是從日本來的怪傢伙。

在粽子香味中，
也聞到一些不耐煩的味道；
批發我們的小販一直絮絮地呢喃唸著，
也許我們還會再看到明年的端午太陽。

好像聽不到划龍舟的打鼓聲並不讓我感到擔心。

但是假如今年再賣不出去的話，
也許明年肚子裡的香味就再也不夠吸引小朋友了。

我不知道，香包賣五十元是不是太貴了些，
但是，
少了如燈籠般耀人的光亮，
或炮竹徹天的聲響，
我們對於節日祝福的意義，
好像力量就微薄了些。

在胡思亂想的當刻，
竟然有個頭髮短短的女生把我給買走了。

眞是令人感到高興啊！

不 過，馬上就開始頭暈目眩了起來。
爲什麼天搖地旋的？難到是興奮過度嗎？

原來，這個叫店小二的女生，
哼著歌，一副高興的樣子把我甩來甩去。
還甩掉我的眼睛，哦，不，是我的眼鏡。
直到進了公司才發現不見。

不過說真的，
少了一副眼鏡的感覺還真好。

細細看照片中的自己，
覺得多了些帥氣，
顯得身上的花紋變得更氣派了些。

不過那個笨笨的店小二，
竟然把我弄不見去了，
害得我變成尋人廣告上的一個小框框。

所以麻煩大家一下，
假如看到我的話，請告訴我一聲好嗎？
謝謝大家了。@

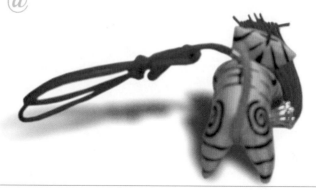

預約的新歡

這年～頭，都變了？

連新歡都可以預約？！

其實店小二不差一張機票，

只是少了時間，

不然，根本想親自取貨。

@

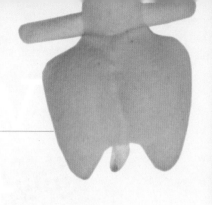

這些天以來， 店小二根本是
心不在焉魂不守舍神思不定的一副呆模樣。

原因無它， 所有的反常，
都是爲了迎接他的到來。

從東京而來的飛機啊，
終於載著店小二預約的新歡飛抵台北。
安心下來的店小二；
臉上也露出甜美而亮麗的笑容。
看到以上的文字， 你是不是驚覺？

這個店小二，是不是變心了啊？！
幾個月前還念念不忘的小布狗，被丟哪去了呀？

沒錯，店小二， 的確是又換了一個鍾愛的對象。

其實店小二並沒有遺忘小布狗.....
話說那天騎著快車
（仍舊不改的壞習慣 ㅂ ）

忽然發覺腳被某種不明物體k了一下 然後
在後方看到了 被重力加速度
遠遠拋出的小布狗

心疼的店小二， 再也不忍心把它帶來帶去的，
小布狗就升格成枕邊小布偶之一。

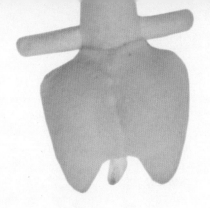

你也許會說，唉啊..
變心就變心，還說那麼多。
不過等到你看到店小二的新歡，
我想，你也會難以抗拒它的笑容的。 ^_^

由於它迷人的表情， 讓店小二忍不住央求好友，
遠從東京帶回來。

你 也 很 想 看 看 它 的 樣 子 ， 對 吧 ？

嘿嘿，他就是店小二的新歡！
怎樣，長的很可愛吧！
什麼，看不到正面喲？ 第一次就給你看光光了，
那不是很不好玩嗎？

不 過 ， 你 依 稀 還 是 可 以 捉 摸 出 他 的 模 樣 吧 ？

也許對很多男生來說，
根本不了解，
這種一小隻要賣很貴很貴的布娃娃，
到底有什麼魅力能讓女生們一見到，
就會發出"啊～好可愛，好可愛"；
然後得掏出錢包來安撫一下，
這種讓他們耳朵、心靈、荷包同時無力的聲音。

終 於 讓 你 見 到 他 的 笑 容 了 。 感 覺 不 錯 吧 。

店小二就是這麼不由自主的被"醬"子的模樣給迷住的。
也不能怪店小二變心，
其實這隻小貓井上跟皮耶魯根本是同一家公司出品。
皮耶魯是誰？咳咳，皮耶魯就是店小二成天掛在嘴邊的小布狗。

他們都是ps遊戲的主角，
因為造型太可愛了，
所以週邊商品也開始熱賣。

@

據店小二觀察的結果，
日本人推銷玩偶的一貫手法都是先為主角命名，
為他量身打造設定血型星座個性以及等等。
讓你感覺和他十分的親近。

然後再推出一系列週邊產品，
比如這個主角的爸爸媽媽哥哥姐姐
及數不勝數的遠方親戚，
讓你一買再買愛不釋手直到──

聽起來好可怕，是不？ ö

幸好店小二在這方面一向還頗有自制力的。
咳咳，
有人不相信嗎？

不過其實換個角度想想，
能 "適度" 的擁有這些笑容可愛的傢伙，
就好比生活中多了那麼一些調味，
讓你心情好上一整天。

甚至能你在不小心逆向行駛時，
不感到那麼孤單。
（不過這好像只有店小二才會做的傻事）

井上君，
讓我們一起堅持下去吧！ @

店小二的 雜記

@

我就是，

LOVELY

裝可愛！

裝可愛的本領，絕對是與身俱來的。

@

小吉是隻特別的貓。 搖尾巴，汪汪叫，非常黏人的個性。

有時，連帶他回來的店小二，
都弄不清，小吉究竟是一隻貓咪， 還是一隻狗兒。

由於小吉奇異的特質，儘管其貌不揚，
（店小二的媽，認為小吉長的很像一條破抹布）

他還是擄獲了大家的心。

小吉很早就了解 "扮豬吃老虎" 的哲學。我想。@

去書展買書，真是沒氣質！

擁擠的人群 悶熱的溫度

書本看來像是夜市裡的拍賣品

我絕對不是在說 那些去逛書展的人，
沒有氣質。

今年的國際書展，你去過了嗎？
人山人海的景象，牆角堆疊著書本：
還有人在吆喝著?！

"一本一百！快來買哦！"

厚實的冬衣，再加上現場的溫度。
已然夠令人昏眩了。
還得不時的，被推來擠去。
真是個亂沒氣質的場所。

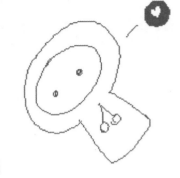

喜歡畫畫的，

應該都有那樣迷人的氣質吧

唯一的收穫，
是看到了水瓶鯨魚。

真好，和我想的她，很像。
細細的溫柔聲音，不急不徐的動作。
很迷人的，一個女生。

等待，並且看到她，
算是在書展中，一個　有氣質的決定。　@

測驗你的  指數！

嘿嘿， 這個標題看起來是不是很像

不過看起來怪怪的，對吧？

其實店小二對歐巴桑並沒有特別不好的感覺，

因為店小二的媽，算算年紀，不多不少，

剛好可以被 "尊稱" 一聲歐巴桑；

甚至店小二，有一天也會被叫・・・

（咳咳。那・・・那不是今天的重點。）

重點是，今天要分享一則，看完之後，

會讓你驚呼不已的歐巴桑故事。

話說故事發生的那天，
店小二正在為久坐辦公室缺乏運動而
困擾，所以決定用走路回家。

店小二住得離通化街很近，
那是一個有很多歐巴桑·‧‧
不不，是很多人群和美食聚集的夜市
所在地。

在一個試吃小攤前，
店小二看到兩位資深歐巴桑母女檔，
之所以稱為資深，是店小二直覺感應
到她倆的功力，
一定一定不是常人所能及。

因為嗅到這種獨特的氣息，
就決定假裝在隔壁攤子看雨傘，
等待即將上演的有趣事件。

第一步當然是先試吃。
其實這個客家小點試吃小攤在這也擺
了有一段時間了，
但是，店小二第一次看到
有人試的如此
鉅 細 彌 遺 的。

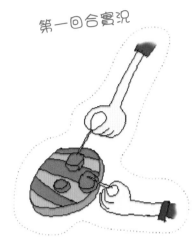

第一回合實況

母女倆人先是各個口味挑選切的最大的試吃品
（據推想，可能如此比較試的出口味來吧？）
全 部 先試過一遍。

然後，做女兒的細心的發問了，
"媽，你覺得哪種口味好？"
（還順手再插起了一塊粿）

媽媽說，"嗯，不太清楚耶。"
（也順手再插起了一塊粿）

於是母女倆再度開啓了第二輪的品嚐。

吃完了第二次，店小二心想，
該買了吧，該買了吧？

沒錯，女兒問了，
"那我們買哪種好？
喂。老闆啊， 這是什麼口味的？ "
（又順手再插起了一塊粿）

"那這個呢？"

於是在和老闆的互相問答下，
她們又再度試吃一輪。
可能是為了要再確定， 她們請老闆，
把小桌上沒有了的口味 再切一點讓她們嚐嚐。

第二回合實況

第三回合實況

第一次，
看到試吃到還可以要求續盤的。
（總是買到390元衣服的店小二，
真是心中充滿了感慨‧‧‧）

終於，做女兒的拿出了錢包，
讓老闆臉上的肌肉稍微放鬆了一點。

（其實這個客家小點，依店小二看來，
實在沒什麼客家精神，一小盒就要賣五十元，
裡面大概也只有5,6片而已，算是有點小貴）

吃到這兒，想她們也該吃夠本了，
在店小二都要看暈的時候，
竟然她們又你一口，我一口的吃了起來，
（天啊！）

原來她們的對話，是這樣的，
"我覺得這個紅豆口味的好"（一口）
"其實這個艾草的也不錯！"（再一口）

" 啊啊～～"
我想，老闆心裡一定在這麼的慘叫著。

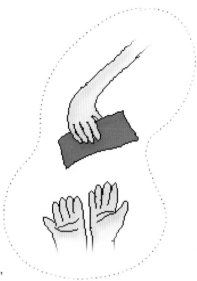

-THE END-

在她們都了解顏色，
品名和口味的關聯性之後。
錢包終於發揮了用途。

至此，我想老闆應該鬆了口氣。
（店小二也是，因為站的太久，腳開始痠了，
不過假如是你遇到這種神奇的事，
我想你也會想待著看完最後的結局吧？）

趁女兒在付帳時，
又有一隻手，拿起了小牙籤，
再度試吃了起來
"嗯，我真的喜歡紅豆的。"

看到這，我只能說。

"這眞是太神奇了，傑克！"

店小二相信，

這樣 "溫馨" 的故事，

一定常常，在城市的各處上演著。

當然我們不能否認，

這些認真可愛的歐巴桑，

對於臺灣的市場文化，

營造出許多熱鬧的氣氛。

下次見到她們，別忘了默默為她們加油哦！ @

ps.

有試吃過嗎？ 你能試吃到第幾次呢？

ö 超過三次，別懷疑！

你的確深具歐巴桑潛能哦！

關於店小二的個性

有時候，你得承認，

人生 是有那麼些的矛盾。

不喜歡被拍照的人，

買了價值不斐的數位相機。

不喜歡寫日記的，

卻在網頁上記錄著自己。

然後慢慢檢視並且回顧長久以來的生活，

發現，所有的矛盾，

都其來有自，

並且相輔相成。

很多事情都不見得像表面上看來的那樣。

看過店小二的人，

大概都覺得店小二個性還不錯。

殊不知....

她有極度選擇性的龜毛個性。

就像很多事情都不見得像表面上看來的那樣。
比如說，看來可口的橘子不一定好吃一樣。

不過，今天要說的，不是橘子的故事。
而是紙和筆的故事。

寫不出好字，是情有可原的。

店小二對筆很挑。

寫字的那種，畫圖的那種也是。
由於好筆不多，
所以認為寫不出好字，畫不出好的圖，
都是情有可原，並且，是不得已的。

大體說來，顏色，粗細，書寫流暢度，
以及筆尖的角度等點點點點，
都是取決了一支筆的好壞與否的重點。

當然這一切評判，
店小二自有一套不為人知的標準。
唸書時代的店小二，最喜歡逛書店，
常常可以一兩個小時流連忘返。

但是其實她關心的重點完全是在
最近出了哪種品牌的新筆，
觀察並且試用，再一一比較，
比如，
各個品牌各種顏色的差異和價錢功能評比。

這是一種樂此不疲；
並且不受歡迎的娛樂活動。
（基本上，沒有多少朋友受得了
店小二這種鉅細靡遺的試用精神）

最 喜 歡 的 ？

店小二幾乎可以確定，
沒有相同的知音，
和店小二一般迷戀著這隻筆。

否則它也不會近幾停產。

可是用過的人。

不得不（被店小二逼著）承認，
在所有的藍色原子筆中，
它擁有最可愛而且容易閱讀的藍。
其實在店小二唸高中後，
這種筆就像夢幻逸品般的，
即便店小二發出懸賞，佈出眼線，
再也難尋獲。

又兼店小二對筆獨特的偏執──
開封太久的筆，會因為氧化而變成深的藍
不小心摔斷水的筆　寫起來不流暢的筆

一支支，堆疊如筆塚一般，
記錄著店小二的龜毛歲月。

後來，市面上真的幾乎都看不見買不到了。

死心眼的店小二，
也只好湊合著
從鉛筆 毛筆 針筆 鋼筆 簽字筆
中性筆 鋼珠筆 墨水筆 中尋找書寫的感覺。

直 到 有 一 天 ....

在屈臣氏的大特賣中，
欣然發現 店小二最喜歡的筆
以十支五十元在大力促銷。

頓時真有一種他鄉遇故知的喜悅油然而生。
店小二二話不說，就把架上的所有筆拿下來，
帶去櫃台。

店員在結帳的時候，
一直帶著一種特別的微笑看著店小二。
而心裡一定覺得店小二很愛寫字。

因為，能一次買四十支筆的人，
絕對是個需要寫很多很多字的人吧。

— 五 孔 筆 記 本

有時候，
店小二心裡也會自我檢討一下，
關於這種龜毛的性格。

不過通常這種自我檢討的會議，
都會由於任性而為的個性而流會。

就像堅持五孔的小記事本一樣，
前後掙扎了三個月，
還是拗不過自己的個性，
買了最不主流，（或者你可以說是另類）的筆記本格式。

― 五 孔 筆 記 本

當然這種堅持是有意義，
因為店小二的手提包一個比一個小；
或者是由於店小二的字寫的小，
無需造成不必要的浪費‧‧‧
我甚至還可以舉出
很多很多的例子
說明買一個五孔小筆記本的好處。

但是，所有的優點，
會在市場淘汰法則下，
幾 乎 不 成 立。

― 五 孔 筆 記 本

就像店小二１６９公分的妹 ―――――
一直很難找到合腳的鞋子一樣。

店小二這本*另類*的筆記本，
也很難找到適合的內頁。

所以必須＂省吃儉用＂，
以維持著外人看起來光鮮的模樣。

店小二的朋友，
就常常看到店小二在已經很小的紙上
寫著越來越小的字。

一 五 孔 筆 記 本

的確，由於那種無名的堅持，
為店小二的生活增加了不少尋找的困擾。

而究竟這種近乎自虐的，
故意喜歡一些非市場主流商品的傾向，
成就了些什麼呢？

那就是，
促成了一種無人能及的 龜 毛 個 性

──有時候
我們還為自己的矛盾感到沾沾自喜。

有句話說的好， 家醜不可外揚。

但是關於自己矛盾的性格。
我常常津津樂道的一提再提。
對於細節部分一再詳加描繪，
深怕遺漏了其中的任何一處。

究竟是為了什麼，
我這麼如此心甘情願無怨無悔（有選擇性的）
和眾人分享自己的糗事

老實說。 我。也不知道。 ⌣  @

迷　路

關於物競天擇的說法，
一直讓店小二印象十分深刻。

就像大象的鼻子，
和長頸鹿的脖子一樣，
萬物生成，
一定會演化出他必須的生存優勢。

所以，店小二相信，
她迷路的特質，
也是為了演化出某一項
生存的本能而來的。

店小二從很小很小，
　就有這種迷路的潛能。

而且在時間的催化下，
有越演越烈的趨勢。
這話要從她四歲的時候開始說起。

@

店小二小時候曾經很時髦的,
唸過私立幼稚園。

我想,
店小二的媽起先開始懷疑的,
一定是店小二這孩子的智力。

因為,園裡只有五部娃娃車,
負責接送園裡的小娃娃們上下課。
而她,總是在下課半小時後,
還不見店小二的蹤影。
然後,接到園方打來電話,
說她女兒又坐錯車子了,
麻煩她親自過來接回去。

為什麼店小二一直坐錯車,
為什麼老師們沒有顧好那個笨笨的店小二;
店小二的媽因為耐不住老是得自己接送,
等不及得到答案,
就把她女兒轉到離家很近的幼稚園了。

然,這件事店小二自己也記憶猶深,
而且深感困擾,
但是這一切的一切,
其實只是個開始而已。

店小二的這種 *本能*，

常常讓她也許走出了教室，就找不到回來的路，
或是，走出了便利商店，
就忘了自己剛是左轉，還是右轉進來的，
而現在，該怎麼走回去。

記憶最深的一件事，

是有人向在新店住了十多年的店小二問路，

店小二因為根本不知道怎麼走，

只好謊稱自己才剛搬來；

以避免指錯路的窘境。

上了大學，
店小二進了一所以風景優美著稱的校園。
那時，
更可以看到一臉迷惘的店小二
在校園裡到處遊走，
尋找那個應該進去的教室。

最嚴重的是，

就算是走熟的路，對店小二來說，

也許過了一二個月，

又會變成一場新的認路夢魘。

這種極差的方向感，
在幾成同儕間笑柄的同時，
店小二心裡開始醞釀著；她的作戰計畫。

她決定，不靠外力，
憑著自己的自信和能力，
去看一場位在台北植物園附近的美術展覽。

當然，事前的功課是重要的。
於是，店小二跑去請教她那經驗豐富的母親。
"哦，植物園，那，不遠啊，
你下了火車再這樣這樣走就好了。"

後來事實證明，那的確不遠，
只不過讓店小二在豔陽下走了五十分鐘才走到，
然後又因為找不到可以搭回來的公車，
又走了五十分鐘才回到火車站。
（我想228公園前的憲兵一定奇怪，
這是哪兒來的步行愛好者；
來來回回的走都不累的。）

" 啊，我以為不遠嘛，

我上次坐車，

只要差不多五分多鐘就到了啊。"

店小二的媽如是說。
（聽說家醜不好外揚，大家就麻煩笑小聲一點好了。）

嘿，嘿，嘿，

就這麼的，在店小二迷路史上，
又添了那麼一筆輝煌的記錄。

不過那時，誰都沒有發現，
原來店小二有另一項，
因應迷路而演化出來的特質。

直到有一次鹿港之旅，
答案才得以揭曉。

話說，
那時大家約好了一起去
鹿港。
在店小二的帶領之下，
（感謝那些相信店小二的同學們）
在不眠不休的八小時中，
按著地圖，走遍了所有紙上標示
的小紅點。

在遊玩的當時，

店小二是越走心裡越澄澈，

啊，原來，我是這麼會走路的一個人啊！

就像大象的鼻子，和長頸鹿的脖子一樣，
店小二終於找到她生存的競爭優勢了！

這真是一件可喜可賀的事呀！

一直到今天，
店小二還是很常弄不清楚方向，
繞了許多冤枉路 還到達不了目的地。

但是無論如何，
她仍然會無畏無懼的
相信自己的直覺，繼續走下去。

因為，她相信，
　憑著她的雙腳，
　　沒有什麼地方是到不了的！ @

你以前比較浪漫？

做　菜　和　寫　網　頁　，

@

有段時間，非常熱衷於做菜這件事。
做起菜來，一不小心就會做的太多，
到最後，不是得呼朋引伴的來個聚會，
或是幾個室友撐的半死；
得用不停的聊天來消化份量過多的食物。

那時，課堂筆記本還記載著，
等會下課要去採買的食物，或是各式各樣的食譜。

（嘿嘿，我還是有畢業啦）

其實倒不敢說，菜做的有多好。
但是，因為如此，倒是促成了很多快樂的聚會。

你　說　哪　種　比　較　浪　漫　？

Romatic Romatic Romatic Romatic

不過現在，店小二常常會盯著螢幕，
對妹妹說，“喂，喂，我想吃好吃的”

其實都是一樣的沈迷。
不過週遭人的反應倒有很大的變化。

“不要一直盯著電腦”
“一直坐著對身體不好”
“眼睛會壞掉的”

“常常粘在電腦前面的”
是店小二的媽，對店小二的形容詞。

@

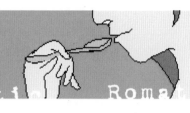

感覺上，店小二變成一個任性而無聊的人了。

做菜和寫網頁，
哪種比較浪漫？

店小二的家人朋友。

一定會說是第一種吧。

那，你說呢？　^_^　@

就說 我不喜歡下雨天。

果真，一個迷濛雨夜，
店小二從車上滑落，
就這樣消失了蹤影……

你知道那種感覺。

一 種 絕 對 的 懊 惱 。

（覺得這段文字似曾相識嗎？）

不過這的確是有血有淚的，真人真事。

說真的，店小二不怎麼願意和雨天犯沖。

以台灣潮溼多雨的氣候來說，

有這樣的 "先天性" 限制，那絕對會是不幸的開始。

假如真的要怨怪，

那……也只能推說，店小二體質不良吧。

不過那的確是奇怪的遭遇。

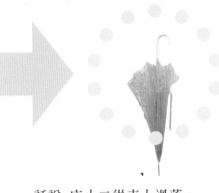

話說 店小二從車上滑落，
其實倒不是完全消失了蹤影⋯⋯
只是，
跌到地上，讓店小二幾乎忘了自己的存在。
可能是樣子摔的太慘了吧?
過了好久，才有一個還算帥的男生走過來，
"對不起，是，是我撞到你了嗎？"
一向誠實的店小二，直覺而有禮貌的的說出，
" 不 不 ⋯ ⋯ 是 我 自 己 不 小 心 "

就這樣。有看過《浪漫滿屋》這本漫畫的人，
一定覺得店小二太矬了。
完全錯過了任何有連續劇的可能。
（看到這裡，你會因而掬一把同情之淚嗎？）

我不喜歡下雨天 之 追蹤報導

店小二騎車雖然不慢。（好，我知道這樣不對。）

但是因為那天下雨，所以特意放慢了速度。
車是新車，路是直路。
甚至，旁邊也沒有行車。

難不成，是這些 "天時地利" 的因素，
讓店小二像個從平底鍋掉下來；
無助的鬆餅一樣……

至今，仍是個無解的謎……

不過這不是重點。
重點是，我…… 真的摔到手了。
而且，" 狠 "痛。

不過幸好， 沒有傷到骨頭。

只是拉傷了筋。

（但這也意味著，我就不能包裹著石膏，

以悲壯的情懷，來看別人工作）

"吃吃藥就好。"醫生如是說。

吃西藥。

那時，我還能以愉快的心情，

藉口手痛不便，跑去美容院洗洗頭，

讓人按摩仍然不太舒服的肩膀；再得意的回家。

然 後 變 成 了

中藥，針灸，推拿和拔罐。

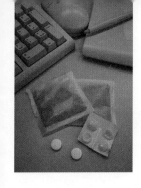

要不是

醫生很好。推拿的小姐對人親切。

給藥布的先生問我是不是有滿二十歲。

而且真的手痛。

每天去做一個近一個小時的治療 會是件

無趣的事。

不過仍要感謝醫生的耐性。

看著店小二（>_<）的臉，

還有無比的判斷力（和勇氣），

針對穴位，讓店小二慢慢好起來。

所以說，對於雨天，

店小二是沒什麼好感的。

（還是說，雨天對店小二沒什麼好感？！）

不過現在終於放晴，

脫離了陰雨不斷的日子。

店小二終於可以過著幸福快樂的日子了。

然後，故事就說完了。^_^ @

（誰，誰在提醒我梅雨季快到了？）

外食生活指南 —— 趨吉避兇術

關於吃飯這件事，店小二從小就是不需要人擔心的健康寶寶。

在所有小朋友吃飯都需要媽媽

在後面追一個小時的時候，

店小二的表現已經是媽媽育兒成就之一了。

（當然這也要感謝店小二媽媽的好手藝）

當店小二長大之後，外食漸漸成了主食，

幸福的吃飯日子就變成一種隨機的運氣。

今天好吃的，明天可能不見得。

好吃的，今天在，明天可能就搬家了。

於是店小二老是在街上尋尋覓覓的，

找尋幸福的餐點。

在這幾年累積經驗下，
店小二沒有訓練出對於美食名店的嗅覺，
倒是對於如何避免吃的不幸福，
卻有一番心得。
今天就來傳授幾招。

守則1、選擇人多的地方走。

古老的法則一

當然，人多不一定代表東西好吃。

但是，總的來說，東西可能新鮮點。

不過，走進店裡之前也要仔細觀察，
可別像店小二之前迷迷糊糊犯下的過失。

話說有一天，不到快餓扁不肯出門的店小二，
終於說服自己換上可以出門見人的衣服；
踏上覓食之旅。

想說既然好不容易出門，當然想吃點特別的。
想想陰雨天的， 來點熱騰騰的玉米濃湯，
和湯汁四溢的雞汁鍋貼該是個很好的選擇。

觀察了一會，店面看來不大，
但裡面竟然坐了四桌客人，想來口碑應該不錯。

不過，一當店小二踏進門口，
啊～裡面的四桌客人，全都站了起來！

詢問店小二想吃些什麼。

真是讓人感到受寵若驚賓至如歸的歡迎啊。

咳咳，當然，實情不是這樣的。

原來～ 店裡坐著的，全都不是客人，
而是老闆的媽媽爸爸，叔叔和伯伯。
看報的看報，看股市的看股市，
包餃子的包餃子，竟然還有人在剪指甲。
全部都是保證的票房。

這樣的情形，當然不適用於本條例囉。
（鍋貼好不好吃，店小二已然不記得了，
印象裡只留下了 恍若在別人家飯廳用餐的不自在感）

守則2：避開黑店

嗯，一家明亮的店面，總是不錯的選擇。

有一天，店小二不知道為什麼，
十分堅持一定要吃到炸蝦子飯。
走了半個小時，
好不容易看到一家日本料理店，
就毫不猶豫的走了進去。

場景：昏黃空盪的用餐空間。

一對歐巴桑，針線，還有店小二。

大家一定很奇怪，為啥會有針線的出現。

話題先得回到歐巴桑身上。

說話，店小二聽到隔壁桌

有人在談論婆媳問題。
反正也是吃飯時間，
想想在不打擾別人的情況下，
關心一下這樣的課題，
也許對以後頗有幫助也說不定。
"對啊，她就是這樣對我，
你，你說嘛，我怎麼會待的住呢？"

當然，特別的不只是這句對話，
而是當店小二抬起頭來的時候，
竟然看到歐巴桑一號拿出針線
在縫補她那脫了線的裙子。

那一刹那，
彷彿一場立體八點檔連續劇再現。

（啊～你問蝦子飯好不好吃啊？
嗯。我吃完就什麼也不記得了呢。）

守則3：小心吸煙的婆婆

聽說，吸煙有害健康？

店小二曾經看到路邊，
有一個年紀很大的婆婆，
一邊辛苦的吸煙，一邊辛苦包著餃子。

這樣的場景，
讓店小二回憶起高中時的炒麵。

說起那家炒麵，那真是不得了的好吃。
就讀那所高中的學生都知道，

而且愛選擇它，當作一天美好的開始。
店小二也不例外，常常早起排隊，
就是為了吃到炒麵，和好喝的酸辣湯。

這真是個美好的記憶，一直到‥‥

"湯的味道好奇怪呀？"
"對耶，有香煙味！"

本來一直不敢相信的店小二，回憶起，
賣麵的婆婆常常細心的先放下香煙，
再夾麵給我們的動作時，
也，也就平靜的接受了這個事實。

聽說，泡香煙的水，可以拿來殺蟲，
才知道，美味的炒麵，
是遊走在珍饈和驚嚇之間的‥‥

➡ 守則4‧勇敢說出：

"老闆，給我一份＊＊；不要蟑螂，謝謝。"

再一碗

在聽完了剛剛的故事，
你以為店小二的遭遇十分的悲慘嗎？
店小二有個可憐的同事，那才是萬中選一的。

店小二幾乎沒有看過，那麼高的或然率；
可以和外食最不受歡迎的no.1 蟑螂，
有共進晚餐的機會。

但是，它的確發生了。

小強蟑螂它出現在
看起來乾淨，不甚乾淨，
安全，不甚安全，
的任何地點。

所以，為了防範於未然，也許下次點餐前，
我們應該先和老闆說明，對於餐點的喜好。

假如老闆不那麼忙，也許他們會願意
如同不在肉羹麵裡加上香菜般的，
做個小小的貼心服務。

據《美味的關係》這本漫畫中的 "考證"，
" 如果人可以活到八十歲，
那這人一定要吃過八萬次餐。"

想想真是厲害呢，可以算的這麼清楚。
咳～這不是重點。

重點是，假如說，我們每餐都能好好享用，
就一定能體會到幾萬次以上的幸福感受。
◡̈ 大家要一起加油哦！

可憐的包裹

其實，

對自己的美感還頗有自信的店小二

是十分不得已的，

寄出了一個極醜的包裹。

但，這應該怪誰呢。

@

故事回到寄包裹之前，

店小二翻遍了可用的物資，

卻找不到一個信封紙袋。

死不肯下樓買的變通方法，

（一到放假就特別懶的店小二，實在不願意在假日還要換裝出去，

特別只是為了買一個小紙袋而已。）

就是找一個別人寄來的信封，修改一下；

就可以很迅速而且很環保的解決問題。

隔天，店小二帶著愉快的心情，
在郵局快關門前，將包裹放到秤上。

"這個上面有舊郵戳，請上樓再買一個。"
櫃台的人員如是說。

但是一看到
樓上人山人海排隊的景象，
更加深了店小二堅持環保的信念。

山不轉路轉。
一張存款條加上一點膠水，
貼貼上去，就解決了郵戳問題。
馬上又是好信封一個。

帶著輕快的腳步，
店小二再度把包裹放到秤上。

"這個後面有舊郵戳，請上樓再買一個。"
櫃台的人員如是說。

"啊～怎麼不一次說完呢"
於是再一張存款條
加上一點膠水，
終於讓包裹得以寄出。

當然，還得加上一點櫃台人員不
可置信的眼神。

"為了環保嘛～"
店小二如此安慰著自己。

五月天的下午，
發覺自己
歐巴桑氣質 隨著炎熱的天氣
漸漸散發出迷人的味道。

打破雨天魔咒

對於店小二來說，雨天一向是不受歡迎的天氣。

好像所有麻煩的事情，都會在雨天發生，

不過今天，店小二終於打破這個魔咒了....

（聽起來真是件值得慶賀的事吧？）

一如往常，
店小二搶著在費玉清唱完晚安曲之前，
走向櫃台付錢，
拿了兩件可愛的新衣準備回家。

（請不要認為店小二是那種敗家至上的人，
之所以老是以晚安曲為背景歌曲完成購物使命，
乃是由於店小二工作時間使然。 >_<
老實說，在那種樂曲下買東西，
真是最煞風景的一件事。）

話說走出了店外，店小二本該早早回家，
但一時興起，
想說再來租支片子回去看看也好。

走沒兩步，咚。
店小二又把自己摔到地上，
而且，還扭到了腳。

其實扭到腳，
對店小二這種走路不太看路的人來說，
眞是很常有的事。

不過這次不一樣，
一向支持店小二的左腳
很明顯的
對店小二的體重發出嚴厲的抗議。
不能走就坐坐吧。

好不容易
店小二把自己拖向最近的一台摩托車上。

ⓐ

竟然馬上迎面走來一個男生，
親切的對店小二說：

" hi，不好意思，這是我的車。"
很浪漫吧。才怪！

就像店小二好像跟浪漫邂逅扯不上關係一樣，
她實在不能理解為什麼自己總是和意外事故
十分的有緣。

無論如何，
店小二總算是打破了雨天的魔咒，

而且學到了一個教訓，

"咦～～做人不要太貪心"

錄影帶啊，就下次再租吧 。 @

數　　　位

日　　　　記　　　　本

05/25　　05/26 PM 2：10

你知道，你要到哪兒嗎？

總是一進地下道就分不清楚方向的我，

最好，還是走人行道吧。ﾟ

哇，下雨了。

中飯還沒吃完， 就下起大雨。

氣氛悠閒的 更像週末了。

@

05/27 PM 2:10

T/2

無 聊 一下眞好。

有時候，無聊 ，

並不是完全無可救藥的感覺。

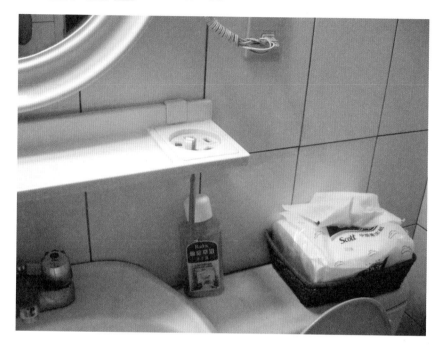

星期一早上。

就是不能像我們喜歡星期天早上，
或是習慣星期二早上一樣。

星期一的早上，總是尷尬了一點。

06/04

咖啡 咖啡。

我想,我還是需要一杯咖啡。

在放假後的第一個早晨。

06/05　　06/06

回家的路。

到這　回家的路

差不多　剩一半

端午節的老虎先生。

脫下隱形眼鏡的老虎先生，

看起來更和藹可親了。

06/07

樓梯間的小貓

胖胖小貓　幸福的樣子，

令　人　羨　慕　。

@

開始金黃色的旅程

幻想自己身在另一個都市。

試著用不同的角度來觀察……

路　燈

以及路口

然後，發現一個美麗　黃　金　城　市　。

06/09

可愛的小碗

忘了聚會的內容，

只記得碗裡的薏仁湯非常的好喝。

06/10　　06/12

路口

喜歡這樣的顏色，和氣氛。

友善的椅子。

這種歡迎，

讓城市變的可愛了起來。

a

06/20

06/28

會跌倒的綠色小人？

期待綠色小人的失誤，

和城市裡有趣的事情。

有氣氛的垃圾桶子？

很喜歡磚牆和燈光的感覺，

只是不可避免的，

拍到了角落的垃圾桶子。

07/15　關於七月的記憶。

基本上，我幾乎記不起　七月發生了什麼大事。

只記得，很常看到這樣的夜景。

08/05

關 於 這 隻 小 貓 。

店小二剛搬新家，就看到這隻貓。
想說，啊，懷孕了耶。
那過不久就可以看到小小貓了！

只是餵了二個月的罐頭之後，
才知道，
她是一隻善於騙吃騙喝，幸福的，胖胖貓。

08/11

小 吉

這是店小二的貓。
店小二全家人都公開聲明過，
小吉長的很醜。

不過無論如何，
小吉還是一隻忠心耿耿的可愛貓咪。

08/23

颱風夜

因為颱風而ㄠ到一天假期。

興奮過度,忘了將陽台上晾的衣服收進來。
掉落一地,必須重洗不算;
隔天,還得穿著異常華麗的衣服(唯一放在衣櫃的)
去面對同事們訝異的眼光。

08/28

超人先生

幾乎不記得在大學時代,
為什麼非看不可的原因和熱情了。
但是多多少少,還能想起那種懷念的感覺。

09/02　找不到的西門町

大部分的人在西門町，都能輕易的走到目的地　。
只有店小二，即便去了十次以上，
每每還是得憑著不可靠的自信；
挑戰耐性及體力，不斷尋找著出口。

09/03   09/06

點 亮 草 叢 的 工 作

都 市 裡 的 斑 馬 屁 股

閃著禁止通行號誌的屁股，
是不是故意偷個空檔，
要去尋回它前半身？

大概是鐘點費太貴了，
這個城市付不起，
所以很少看到螢火蟲來執勤。

09/08

這是台北

1998年，我在東京都廳（市政府）
瞭望台
感慨這個城市的開發過度。

一回頭，發覺這個景象似曾相識。

09/10

天雨路滑

沒錯，
我 又滑了一下。

09/15

清 冰 的 味 道

停佇，
尋找小時候　澆淋在雪白碎冰上；
糖漿的甜美香氣。

酒廠？這個答案倒令我楞了半秒。
但仍然忍不住地吸嗅著　令人懷念的味道。

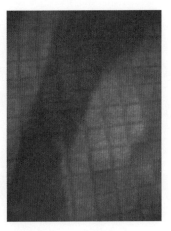

09/17

嘉 年 華 會

跳躍的水滴，應和著花俏的背景，
慶賀著夜晚的來臨。

09/19

路

喜歡低頭走路，觀察路的紋理和顏色，
以及地上光影的變化。

09/20

賺 到 的 晴 天

氣象預報的陰雨，沒有即時趕
到。

散落一地的陽光顯的特別可愛。

09/22

不 冰 的 水

原來架上，
不會賣沒有冰的礦泉水。

保特瓶裡待著的，是從玻璃瓶裡新移居過
來的嬌客。

@

09/25

柑 仔 店

堅持童年氣氛的小店。
不用時空的錯置，就給你一些小小感動的回憶。

09/26

紅門磚牆

店小二小時候就住在類似這樣氣氛
的房子裡。

某一次再回舊家看看,
發覺已然改建成一幢五樓高的房
子。
悵然若失是必然的,
幸好心裡 還好好保存著一份 完整
的備份。

09/28

守門的小貓

店小二身邊的貓咪,
似乎都有著狗兒的個性。

喜歡等門的小貓,和喜歡貓的店小二,
很合。 ˙˙

@

火車站

TS2

有一陣子很討厭火車站的感覺。
總覺得帶有一點 分離的 悲傷味道。

現在，到處的跑來跑去後；
才了解
相遇，也是從這裡開始。

到 新 竹　吃 冰

有時候，真的 一個小小的決定，
也許，就這樣拓寬了 關於生命的廣度。

不過，最想拍的 卻因為不好意思，
沒有留下記錄。

但是還是記得，那時 陽光很和煦；冰，很好吃。

@

10/02

電車上

記得這樣溫暖的感覺。

乾淨的街道

沒想到，完全沒有車行的道路

竟透露了另一種獨特的美。

10/08

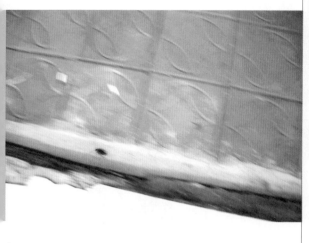

另 一 種 街 道

TS2

不是故意去拍一隻蟑螂的。

但是，
店小二真的很常在夜晚的道路上
看到　喜歡散步的小強。

10/09

大 學 聯 考

店小二的妹妹，明年就要考大學了。

有時候覺得，她真是辛苦的時候，
卻看到她跑去玩電動了。

也好，這樣生活，
會比較有活力一點。 ⌣

清透透的水池

清亮的陽光，
讓水色變得透明了。

10/12

小　吉

難得小吉拍起來這麼帥。

10/16

野 台 戲

酬謝神明嗎？

無論如何，這真是很難得一見的景象。

@

10/27　11/05

鏡子洗手間

或者我應該說化妝間，
抑或是白話一點的說廁所呢？　☺

這家特別的餐廳，
是這麼迫切的想讓客人們認識自己；
於是用鏡子妝點了四面的牆壁。

樹的秘密

樹的秘密，全寫在樹皮上了。
雖然，你從來都不知道，
它經歷過了什麼。

11/07

秋天的鰻魚

聽說今年秋天，
大家都開始喜歡起鰻魚來了。

街上到處賣著油滋滋，
卻很可口的烤鰻串。

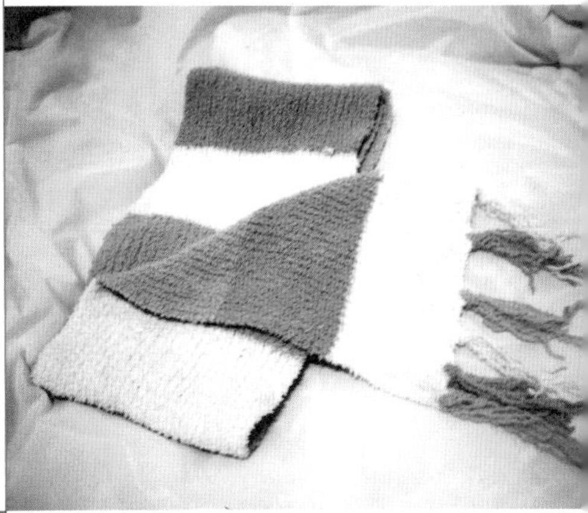

11/11

圍巾

:) 沒錯，這條可愛的圍巾，
正是門口店小二脖子上掛著的那條。

買下，是因為覺得，
圍著它去日本，一定很不錯。

所以，在初秋的季節，
就先預支了 明年的快樂。

@

11/18

超輕質黏土

ンン 有時候，黏土可以不只是黏土。

TS2

11/19

超 輕 質 店 小 二

因為，它馬上就變成店小二了。

其實，拍起來的樣子，
比起實際上看來有質感多了。

店小二的 插画······

即使是一朵小小的蒲公英花絮，
也有如雲朵般的美麗。

今天，海邊的風很清，有著幸福的味道。

喜歡盪的很高，看到不一樣的世界。

不用想什麼，就只是發呆一下。

心中播放著喜歡的歌曲，
正好，回味剛剛閱讀過的文章。

陽光下有小孩，小孩臉上映出陽光。

是你嗎？
我聽到了熟悉的呼喚。

在生活中，總有那麼一點點，令人會心一笑的時刻。

窗邊有風，和寧靜的感覺。

抬頭仰望，你猜我會看到什麼？

如果天氣晴，如果風很大，
我會站在這裡，吹吹風。

站在街頭，期待細雪的飄落。

走過販賣機，和夏天的感覺。

FZ0004

店小二的最愛

編　繪－店小二
董事長　
發行人　－孫思照
總經理－莫昭平
總編輯－彭蕙仙
出版者－時報文化出版企業股份有限公司
　　　　108台北市和平西路三段二四○號五樓
　　　　發行專線－(02)22445190轉113～115
　　　　讀者服務專線－080231705‧（02）23047103
　　　　讀者服務傳眞－（02）23046858
　　　　郵撥－01038540時報出版公司
　　　　信箱－台北郵政97-99信箱
時報悅讀網－http://www.readingtimes.com.tw
電子郵件信箱－comics@readingtimes.com.tw
主　　編－郭燕鳳
編　　輯－林誌鈺
校　　對－店小二、郭燕鳳
美術編輯－林麗華
印　　刷－詠豐彩色印刷股份有限公司
初版一刷－2001年3月19日
定　　價－新台幣180元

國家圖書館出版品預行編目資料

店小二的最愛／店小二圖文
－初版．－臺北市：時報文化，2001〔民90〕
面；　　公分．－（FZ：4）
ISBN 957-13-3337-9（平裝）

855　　　　　　　　　　　　　　90003200

ISBN 957-13-3337-9
Printed in Taiwan

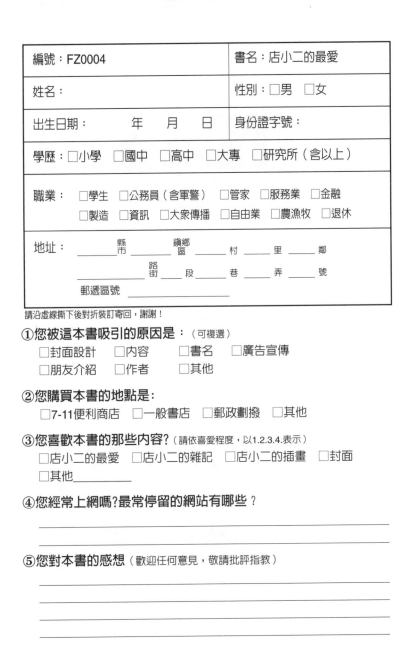

編號：FZ0004	書名：店小二的最愛
姓名：	性別：□男　□女
出生日期：　　　年　　月　　日	身份證字號：
學歷：□小學　□國中　□高中　□大專　□研究所（含以上）	

職業：　□學生　□公務員（含軍警）　□管家　□服務業　□金融
　　　　□製造　□資訊　□大眾傳播　□自由業　□農漁牧　□退休

地址：　＿＿＿＿縣市　＿＿＿＿鎮鄉區　＿＿＿村　＿＿里　＿＿鄰
　　　　＿＿＿＿＿＿路街　＿＿段　＿＿巷　＿＿弄　＿＿號
　　　　郵遞區號　＿＿＿＿＿＿＿＿＿＿

請沿虛線撕下後對折裝訂寄回，謝謝！

①您被這本書吸引的原因是：（可複選）
　　□封面設計　　□內容　　　□書名　　□廣告宣傳
　　□朋友介紹　　□作者　　　□其他

②您購買本書的地點是：
　　□7-11便利商店　□一般書店　□郵政劃撥　□其他

③您喜歡本書的那些內容？（請依喜愛程度，以1.2.3.4.表示）
　　□店小二的最愛　□店小二的雜記　□店小二的插畫　□封面
　　□其他＿＿＿＿＿＿

④您經常上網嗎?最常停留的網站有哪些？
　　＿＿＿＿＿＿＿＿＿＿＿＿＿＿＿＿＿＿＿＿＿＿＿＿＿＿＿＿
　　＿＿＿＿＿＿＿＿＿＿＿＿＿＿＿＿＿＿＿＿＿＿＿＿＿＿＿＿

⑤您對本書的感想（歡迎任何意見，敬請批評指教）
　　＿＿＿＿＿＿＿＿＿＿＿＿＿＿＿＿＿＿＿＿＿＿＿＿＿＿＿＿
　　＿＿＿＿＿＿＿＿＿＿＿＿＿＿＿＿＿＿＿＿＿＿＿＿＿＿＿＿
　　＿＿＿＿＿＿＿＿＿＿＿＿＿＿＿＿＿＿＿＿＿＿＿＿＿＿＿＿
　　＿＿＿＿＿＿＿＿＿＿＿＿＿＿＿＿＿＿＿＿＿＿＿＿＿＿＿＿